Rogério Rodrigues

PAPELÃO

Ilustrações
Regina Miranda

MAZA
edições

PAPELÃO ERA UM MENINO QUE MORAVA EM UMA CASINHA SIMPLES E FEITA DE CAIXAS DE LEITE.
OS PAIS DE PAPELÃO ERAM DUAS GORDINHAS LATAS DE MASSA DE TOMATES, QUE SE CONHECERAM NO SUPERMERCADO.

A VIDA NÃO ERA NADA FÁCIL PARA AQUELE PEQUENO PEDAÇO DE PAPELÃO.
EM DIAS DE MAU TEMPO, PAPELÃO PUNHA-SE A PENSAR!

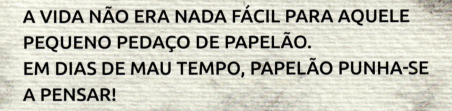

PARA ELE, A CHUVA ERA SEMPRE PERIGOSA!
– BASTAM ALGUMAS GOTAS PARA QUE MEU CORPO ENCHARCADO TOMBE PELAS CALÇADAS E COMECE A DESFAZER-SE... EEEERGH... SÓ DE PENSAR, SINTO ARREPIOS.

UM DIA, PAPELÃO PENSOU TANTO E TANTO,
QUE SÓ PAROU DE PENSAR, QUANDO SENTIU
UM CHEIRO DE PAPELÃO QUEIMADO!

PAPELÃO QUEIMADO? PAPELÃO SALTOU DE UM LADO PARA O OUTRO, ROLOU PELO CHÃO, DESESPERADO, TENTANDO APAGAR O FOGO, QUE JÁ PERCORRIA O CORPO DELE.

QUANDO CONSEGUIU DOMINAR AS CHAMAS, PAPELÃO VIU QUE, SENTADA PERTO DE UMA ESCADA, ESTAVA UMA CRIANÇA, FILHA DE GENTE MESMO!

AO APROXIMAR-SE, PAPELÃO REPAROU O OLHAR TRISTE E DISTANTE DAQUELE MENINO.

MAS O QUE PODERIA FAZER UM PAPELÃO-MENINO, PARA ALEGRAR A VIDA DE UM MENINO-GENTE?

FOI ASSIM QUE PAPELÃO COMEÇOU A MOVIMENTAR-SE DE MANEIRA ESTRANHA! DOBRAVA-SE, DESDOBRAVA-SE... E TORNAVA A DOBRAR-SE RAPIDAMENTE...

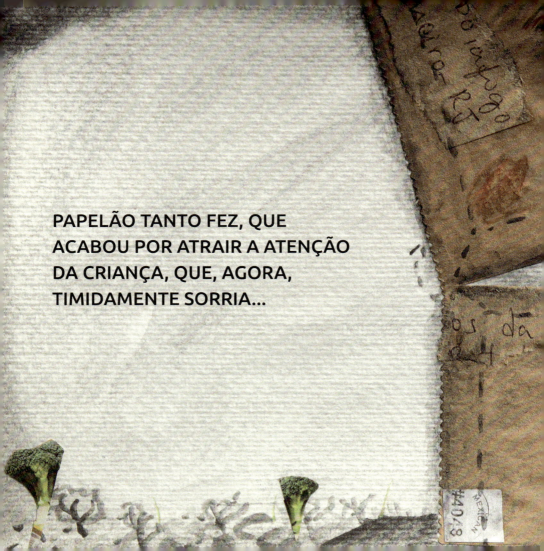

PAPELÃO TANTO FEZ, QUE ACABOU POR ATRAIR A ATENÇÃO DA CRIANÇA, QUE, AGORA, TIMIDAMENTE SORRIA...

PAPELÃO CONTORCEU-SE AINDA MAIS,
ATÉ TRANSFORMAR-SE EM UM...
– CARRINHO! QUE MARAVILHA!
E SAÍRAM POR AQUELE MUNDO AFORA,
DIVIDINDO COM TODAS AS OUTRAS
CRIANÇAS QUE ENCONTRARAM
A ALEGRIA DAQUELA AMIZADE.

PAPELÃO
Copyright © 2012 by Rogério Rodrigues
Todos os direitos reservados

Capa, ilustrações e projeto gráfico: *Regina Miranda*

Fotografia: *Sílvio Coutinho*

Revisão: *Ana Emília de Carvalho*

Diagramação: *Anderson Luizes - Casadecaba Design e Ilustração*

Produção Gráfico-editorial
MAZZA EDIÇÕES LTDA.
Rua Bragança, 101 • Pompeia
30280-410 Belo Horizonte • MG
Telefax: (31) 3481-0591
edmazza@uai.com.br • www.mazzaedicoes.com.br

Proibida a reprodução total ou parcial.
Os infratores serão processados na forma da lei.

Rodrigues, Rogério.

R696p Papelão / Rogério Rodrigues; ilustrações de Regina Miranda. — Belo Horizonte : Mazza Edições, 2012.

24p. : il.; 15x15cm.

ISBN: 978-85-7160-564-0

1. Literatura infantojuvenil brasileira. I. Miranda, Regina. II. Título.

CDD: B869.8
CDU: 087.5